MW01046864

Castor Poche
Collection animée par
François Faucher, Hélène Wadowski,
Martine Lang, Cécile Fourquier et Céline Vial

Titre original :

AKAVAK : AN ESKIMO JOURNEY

Une production de l'Atelier du Père Castor

29e édition – 2002

JAMES HOUSTON

AKAVAK

Traduit de l'anglais (États-Unis) par
ANNE-MARIE CHAPOUTON

Illustrations de
JAMES HOUSTON

Castor Poche Flammarion

James Houston

L'auteur est né à Toronto, au Canada, en 1921. Très jeune, il est attiré par le mode de vie des Esquimaux de l'île de Baffin. Comme son grand-père et son père, il décide de vivre parmi eux. Pendant plus de douze années, il partage leur vie et leur travail. Il recueille récits et légendes et fait connaître l'art esquimau. Il a vécu avec eux des aventures extraordinaires.

Actuellement, James Houston vit avec sa femme, dans une vieille ferme, non loin de New York. Il aime se promener dans les bois, écrire et surtout dessiner. Il illustre lui-même toutes ses œuvres qui se situent toujours dans le Grand Nord canadien, et reposent sur des faits réels.

En seize années, il a écrit quatorze livres publiés à New York et traduits en une douzaine de langues. Akavak est son premier ouvrage traduit en français. Les sujets de ses livres reposent toujours sur des faits réels

Du même auteur, dans la collection Castor Poche:
Le passage des loups, n°15.
Tikta Liktak, n°50.
L'archer blanc, Castor Poche n° 64.

Anne-Marie Chapouton

La traductrice vit elle aussi dans la nature, au pied du Lubéron. Elle a vécu de nombreuses années aux États-Unis. Elle traduit de temps en temps des œuvres anglaises ou américaines, mais elle écrit surtout des livres pour les jeunes : des poèmes, des romans, et des albums.

Gérard Frauquin

L'illustrateur est né en 1951 et depuis cette date a toujours un crayon ou un pinceau à la main. Auteur et illustrateur de nombreux ouvrages pour l'Atelier du Père Castor où il a travaillé longtemps comme maquettiste, il est parti habiter loin de Paris, dans le sud de la France, à la campagne.

Sélection Lire
Sélection des Treize

ᐃᓄᒃᓄᑦ ᑭᑭᑕᓗᒥᐅᑕᓄᑦ: ᐊᒍᓇᓯᑎᓄᓐ
ᓴᓇᒍᐊᒐᑎᓄᓗ. ᐃᒋᐸᑐᓄᓗ.
ᐅᓂᑲᒐᓴᑲᐅᑐᓄ.

ᓴᐅᒥᒃ

Aux habitants de l'île de Baffin :
pêcheurs, graveurs, chanteurs,
héritiers de grands récits.

Le gaucher.

Chapitre 1

Akavak se réveilla lentement. Contre son corps, il sentait la douce chaleur des vêtements en peau de caribou. Il tendit l'oreille. Il n'entendait plus les géants du vent qui depuis plusieurs jours essayaient d'ensevelir la maison de neige. Oui, à présent, ils étaient partis. Il régnait un silence de mort.

Akavak était couché dans l'igloo de son père, au milieu de toute sa famille, sur le grand lit de neige recouvert de peaux. La

lampe à huile de phoque qui éclairait et chauffait la maison était presque éteinte.

Akavak regarda son souffle s'élever lentement en buée vers le dôme du plafond, puis se congeler en petits cristaux blancs qui retombaient sur les fourrures sombres du lit.

Dans l'obscurité, Akavak entendit son grand-père s'asseoir, dérouler le parka qui lui avait servi d'oreiller, et l'enfiler lentement par-dessus la tête. Il l'entendit se

pencher et souffler péniblement tandis qu'il enfilait ses pantalons en peau de chien et ses bottes en peau de phoque qui lui montaient jusqu'aux genoux. Le vieil homme se glissa ensuite hors des fourrures chaudes et descendit avec effort de la grande plate-forme du lit. Il se faufila jusqu'à l'entrée, en se courbant dans l'étroit couloir de neige qui serpentait à travers la réserve de viande.

Quand le grand-père sortit de la maison de neige, le froid aigre et brûlant de l'air matinal qu'il inspira le fit tousser âprement. Alors Akavak l'entendit siffler trois fois et devina qu'il s'adressait aux esprits de la nuit, ceux qui tracent d'étranges dessins lumineux parmi les étoiles. Ces sifflements signifiaient sans doute que le grand-père apercevait les lumières du

nord, et que les géants du vent avaient enfin nettoyé le ciel.

Tandis que le vieil homme s'éloignait de l'entrée de l'igloo, Akavak entendait la neige crisser douloureusement sous ses pieds : il devait faire très froid.

Akavak regarda son père qui était réveillé maintenant et qui se tenait appuyé sur un coude. Ses yeux noirs étincelaient et ses fortes dents blanches brillaient dans le noir en reflétant la lumière tremblante de la lampe de pierre.

« Il faut que ton grand-père aille voir son frère avant de mourir, dit le père d'Akavak. Il a fait cette promesse il y a longtemps. Maintenant, il se fait vieux, et il lui reste peu de temps. C'est à toi de l'aider. La terre de son frère, nous l'appelons le Kokjuak. C'est au nord, là où une puissante rivière se jette dans la mer. Je n'ai jamais vu ces lieux, mais on dit que de grands troupeaux de morses approchent jusqu'au bord même de la glace. En été, d'innombrables oiseaux pondent leurs œufs sur les falaises. Et lorsque la lune est pleine, au printemps, et de nouveau en automne, toute la rivière frémit de poissons.

« Le chemin qui mène à ce beau pays est long et difficile. Tu devras éviter les hautes montagnes qui s'élèvent à l'intérieur des terres. Reste sur la côte et voyage sur la glace de la mer. Il n'y aura personne pour te venir en aide en chemin, car les bas-fonds des marées ne permettent pas de chasser lorsque la mer est libérée des glaces. On peut mourir de faim entre notre dernière cache à nourriture et le Kokjuak. Il y a un grand fjord à traverser, mais parfois la glace est trop mince et c'est impossible. Alors il faudra peut-être que tu rebrousses chemin.

« Je ne peux pas accompagner Grand-père là-bas, poursuivit le père d'Akavak. Nous n'avons pas assez de viande dans nos caches. Pour nourrir la famille, je dois chasser tous les jours où le temps le permet. C'est donc à toi que revient ce long voyage. Va avec lui comme il l'a demandé, et prends soin de lui, car ses jambes sont devenues raides et, souvent, le vent fait pleurer ses yeux et il n'y voit plus. Parfois, à la fin de la journée, tu le verras trembler de froid. Mais il ne se plaindra pas. Il faudra que tu t'arrêtes de bonne heure, et que tu l'aides à construire une maison de neige.

« Souviens-toi qu'il est fort et

têtu, et presque toujours sage. Il connaît le chemin qui mène au pays de son frère, car il l'a fait il y a bien longtemps, lorsqu'il était jeune homme. Écoute ce qu'il te dira, et apprends ce qu'il t'enseignera, car c'est ainsi que tout le savoir est venu à notre famille. Personne ne construit une maison de neige mieux que lui. Et lorsqu'il guide un attelage de chiens, il le mène comme s'il s'agissait de ses propres membres, comme si c'était une partie de lui-même.

« Parfois, cependant, il n'entend pas les mots qu'on lui dit, et il a le regard fixe. On dirait que son esprit le quitte et s'en va, très loin. Car il est très âgé. Lorsqu'il aura l'air de ne plus t'entendre, et si son esprit semble s'éloigner, fais très attention et prends les décisions à sa place.

« Prends bien soin de lui et de toi-même. Que la santé et la force soient avec vous. Voilà ce que j'avais à te dire.

– Oui » répondit Akavak. Car c'était là le seul mot qu'il trouvait à répondre à son père.

Akavak s'assit rapidement et enfila son parka et ses pantalons de fourrure chaude. Cet immense voyage l'emmènerait dans un monde nouveau et, secrètement, il s'en réjouissait. Jusqu'ici, il ne s'était jamais éloigné de chez lui de plus de deux couchers; de chez lui, où il était né il y aurait bientôt quatorze hivers. Et il avait rarement vu d'étrangers.

Samatak, sa mère, était une femme sage et douce. Sans un mot, elle prit sur l'étagère de séchage, près de son lit, des bas de chaude peau de caribou et des bottes neuves en peau de phoque qu'elle avait terminées la veille. Elle les tendit à Akavak.

D'une voix étonnée et légèrement nerveuse, elle chuchota à Akavak : « La nuit dernière, pendant que tu dormais, ton grand-père nous a raconté beaucoup de choses sur sa jeunesse, lorsqu'il

habitait le lointain pays de son frère. Je comprends maintenant pourquoi il veut y retourner. Il nous a aussi donné des noms pour les enfants qui sont encore à naître dans notre famille. Il s'est inquiété et il a insisté pour bien me faire comprendre à quel point c'était important. Je crois qu'il pense qu'il ne reviendra pas. Que va-t-il t'arriver? Je songe à vous deux, l'un trop jeune, et l'autre trop vieux pour un tel voyage. Et je suis remplie de crainte. »

Elle contempla le visage à la peau lisse de son fils, ses longs cheveux bleu-noir, et les gestes rapides de ses grands bras. Elle essayait désespérément de graver pour toujours l'image de son fils dans son cœur, car elle risquait de ne jamais le revoir vivant.

Akavak sortit de la maison de

neige, se redressa au bout du couloir d'entrée, et sentit ses narines se pincer dans le froid brûlant. La piste serait durcie et balayée par le vent, excellente pour voyager. Autour des quatre igloos du camp, la neige s'étendait, blanche, pour virer au bleu-gris et disparaître enfin dans les ombres nocturnes qui semblaient se mêler au ciel rempli d'étoiles.

Les chiens, qui avaient dormi sous la neige pendant le blizzard, se relevaient maintenant, encore raides de sommeil. Leurs queues épaisses étaient enroulées bien serrées en travers de leurs pattes et ils cambraient le dos pour résister au froid mordant.

Le grand-père d'Akavak était allé prendre sur le toit de l'igloo les harnais de chasse et les rênes enroulées des chiens. Il avait mis son sac de chasse en peau de phoque sur ses épaules. Ce sac contenait tout ce qu'il faut pour survivre. Son capuchon relevé couvrait presque complètement ses longs cheveux gris et les larges pommettes de sa figure ridée. Il était prêt pour le voyage.

Le père d'Akavak avait suivi son fils hors de l'igloo. Debout l'un à côté de l'autre, ils regardaient le vieil homme marcher de son pas raide mais rapide à travers la neige durcie. Il se dirigeait vers la grande cache à viande. A l'aide du crochet, il ramena le sac en peau contenant la viande de morse gelée et le lança à terre.

« Il part ce matin, ça au moins c'est sûr, dit le père d'Akavak. Aide-le à charger la viande sur le traîneau et arrime-la solidement. Elle vous suffira jusqu'au moment où vous atteindrez notre cache au grand fjord. Les chiens courront le ventre vide. Nourris-les quand vous camperez, ce soir. »

Tandis que le ciel virait au gris-vert de l'aube, Akavak entendait la glace de la mer craquer et gémir comme si elle était poussée en avant par la marée du matin. Un léger vent se levait avec le jour, soufflant en poudre la neige fine sur le sol. Le vent faisait courir ses doigts glacés sous la chaleur du parka de fourrure d'Akavak, qui tressaillit de froid. Il se sentit impatient de s'en aller, d'être libre, de courir à côté des chiens pour réchauffer son corps.

Quand le traîneau fut chargé et les chiens attelés, le vieil homme se tint devant chacun de ceux qui étaient présents, les regardant droit dans les yeux. Deux des voisines, leur bébé sur le dos, entrouvrirent leur capuchon pour que les enfants puissent le voir, peut-être pour la dernière fois.

« *Tugvaosialunasik.* Adieu à vous tous » dit-il d'une voix forte. Puis il tourna le dos aux habitants des quatre maisons de neige qui s'étaient réunis pour le voir partir, et il s'éloigna tout seul, à pied, se servant de la partie cisaillée de son mince harpon de phoque pour sonder le chemin. Avec beaucoup d'habileté, il traça la meilleure piste pour l'équipe des chiens à travers les dents déchiquetées de la barrière de glace que les marées avaient jetées là. Quand il atteignit la glace lisse de la mer, il obliqua rapidement vers le nord. Il se tenait très droit, essayant d'avoir l'air d'un homme beaucoup plus jeune, car il savait que tous les yeux du village étaient fixés sur lui, et il voulait laisser un sentiment d'espoir.

Akavak retourna au traîneau, après avoir vérifié que les six chiens étaient bien harnachés. Il s'arrêta devant le petit groupe d'hommes, de femmes et d'enfants. Ils étaient toute sa famille : ses oncles, ses tantes et ses cousins. Les femmes sautaient d'un pied sur l'autre pour essayer de chasser le froid. Elles fredonnaient de douces chansons et tenaient bien rabattus leurs capuchons pour empêcher de pleurer les bébés nus qu'elles transportaient.

Le père d'Akavak dit : « A cette époque de l'année, le frère de ton grand-père devrait avoir établi son campement à l'embouchure de la rivière géante. Reste sur la glace de la mer et suis la côte. Ainsi, tu ne te perdras pas. Méfie-toi des montagnes, mon fils. » Il s'arrêta, puis reprit : « Ne t'approche pas des montagnes. »

Puis le père donna à Akavak un bon coup sur le côté de la tête, chose qu'il n'avait jamais faite auparavant. Un tel déploiement d'affection ne se montrait jamais entre père et fils, mais seulement entre hommes adultes, entre compagnons de chasse ou entre très bons amis. Le père s'en alla, peut-être parce qu'il avait aussi clairement montré son amour, et marcha rapidement en direction des igloos.

La mère et la sœur d'Akavak restaient près de lui, clouées sur place, tellement saisies de peur qu'elles ne sentaient même plus le froid. Sa sœur fouilla dans son capuchon et en sortit une paire de

moufles neuves en fourrure qu'elle alla glisser sous les rênes du traîneau.

Akavak la regarda et lui sourit, se souvenant de tous les bons moments qu'ils avaient eus ensemble. Puis, sans un mot, il s'éloigna, comme c'était la coutume chez les jeunes gens.

Akavak appuya de tout son corps sur le traîneau qui s'ébranla. Il lança un cri aux chiens, qui gémirent et hurlèrent, impatients de prendre la piste. Et ils s'élancèrent. Sa sœur et les autres enfants

sautèrent sur le traîneau qui démarrait. Les chiens suivirent la piste tracée par le vieil homme à travers les monticules hérissés de la glace du rivage, puis sur la neige plate qui couvrait la mer gelée. Les cousins d'Akavak riaient de plaisir sur le traîneau rapide tandis que, l'un après l'autre, ils en sautaient en lui criant des adieux.

Sa sœur, elle, ne riait pas. Elle fut la dernière à quitter le traîneau. Akavak se retourna et la vit debout, toute seule sur la plaine blanche, devenant de plus en plus petite à mesure qu'il s'éloignait. Il agita son bras dans sa direction. Elle se sentait tellement seule qu'elle ne parvint pas à répondre à son geste. Alors, faisant demi-tour, elle rentra lentement vers le village, en se couvrant le visage de ses mains.

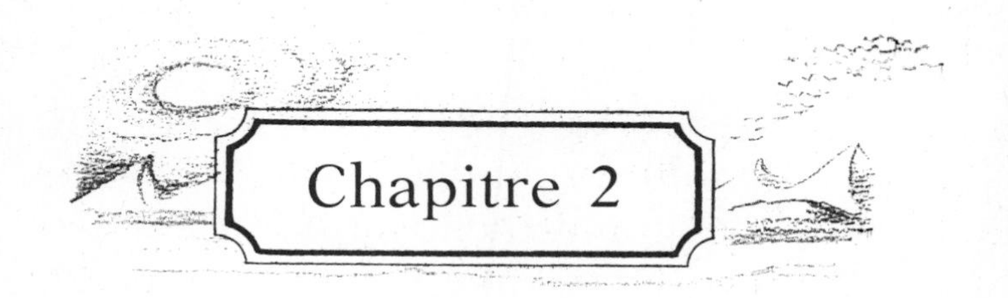

Chapitre 2

Les chiens tiraient tous ensemble, ils couraient vite et rattrapèrent bientôt le vieil homme. Il les regarda le dépasser, d'abord le chien de tête, une femelle mince et intelligente qui s'appelait Nowyah. Elle obéissait vite au conducteur, tournant à gauche ou à droite sur son ordre. Puis venait le grand chien, Pasti, fort comme un ours, noir, avec de larges épaules et un grand poitrail fait pour tirer de lourds chargements. Enfin, venait Kojo, le bagarreur, gris, maigre, avec de longues pattes et de méchants yeux de loup. Derrière eux, chacun attaché séparément au traîneau par une corde, venaient les trois autres chiens, jeunes, forts, perpétuellement affamés, et encore en train d'apprendre à tirer avec l'équipe.

Quand le traîneau arriva à sa hauteur, le vieil homme courut et bondit dessus. Il s'assit à côté d'Akavak et étendit ses jambes droit devant lui. Il repoussa son capuchon pour se rafraîchir et regarda autour de lui.

Akavak l'observa qui protégeait ses vieux yeux de la lumière. D'abord, il chercha le niveau régulier de la mer gelée, puis il regarda vers l'intérieur, scrutant les montagnes blanches déchiquetées qui s'élevaient le long de la côte.

« Allons là-bas » dit son grand-père, montrant un endroit devant eux où les montagnes plongeaient dans la mer pour se relever ensuite comme une île bordée de rochers. « Nous franchirons les détroits et, juste après, nous ferons notre maison de neige pour la nuit. Prends bien le repère, car il fera nuit d'ici à ce que nous arrivions là-bas. »

A midi, ils arrêtèrent le traîneau et détachèrent les chiens. Quand ils furent prêts à repartir, Akavak couvrit les jambes de son grand-père avec une couverture en peau de caribou. Le vieil homme regardait fièrement au loin en direction des détroits, et parut ne pas s'en apercevoir. Mais il n'enleva pas la chaude peau.

Par moments, Akavak courait, et à d'autres, il se reposait sur le traîneau, encourageant parfois les chiens de la voix, surveillant le trajet du traîneau pour qu'il soit toujours dans la bonne direction.

Il faisait tout à fait nuit lorsqu'ils franchirent les détroits et se dirigèrent vers les longs rivages inclinés. La lune était presque pleine et avançait, toute brillante, parmi les étoiles. Dans sa lumière, la neige étincelait autour d'eux.

Le vieil homme prit une baguette en os, mince comme une flèche et deux fois plus longue. Il fit quelques mètres, sondant soigneusement avec sa baguette les tas de neige durs et profonds. Il semblait écouter tandis qu'il enfonçait doucement la pointe, évaluant la qualité de la neige. Il alla plus loin et sonda encore. Puis il marcha en rond. Enfin, satisfait, il se redressa et appela Akavak : « Apporte-moi le couteau à neige. »

Avec le long couteau d'ivoire, le grand-père découpa d'abord une grosse masse de neige. Puis il la tailla pour en faire un grand bloc, qu'il souleva et posa sur la neige. Il en tailla d'autres, qu'il disposa en cercle autour de lui. Puis il commença une seconde rangée qui montait en spirale.

Akavak bouchait les interstices entre les blocs avec de la neige fine, remplissant tous les trous. Son grand-père travaillait lentement dans le froid mordant, mais cependant il découpait les blocs avec une grande adresse, et chacun d'entre eux s'adaptait parfaitement au précédent. Le grand-père restait à l'intérieur du cercle, construisant du dedans, se murant petit à petit hors de la vue d'Akavak.

Une fois le dôme fini, le vieil homme ouvrit une entrée bien nette à la base du mur de neige. Akavak l'entendit ôter la neige de ses habits en les raclant avec le couteau. Akavak rentra alors la lampe en pierre et les peaux pour dormir. Puis il nourrit les chiens, les regardant dévorer les morceaux de viande de morse gelée. Satisfaits, ils se roulèrent en boule sur la neige, en mettant la queue sur leur truffe pour la protéger.

Quand Akavak se glissa à l'intérieur de l'igloo, traînant après lui le sac de viande, il trouva son grand-père tenant la pointe de son arc dans sa bouche, le faisant tourner entre ses mains jusqu'à ce que les copeaux dans le godet de bois se mettent à fumer puis à brûler. Il alluma la mèche de la lampe à huile de phoque, et la nouvelle maison de neige s'éclaira de la lumière qui se réfléchissait. Akavak secoua ses habits et les peaux pour dormir afin d'en faire tomber la neige. Puis il ouvrit un paquet qui contenait de bons morceaux de viande de phoque. La viande était durcie par le gel, mais, en la coupant en tranches fines, elle semblait fondre dans la bouche. Akavak et son grand-père en mangèrent une bonne quantité et burent beaucoup d'eau glacée. En effet, ils avaient faim et, selon la coutume, c'était là leur seul repas journalier.

Quand ils eurent terminé, ils s'allongèrent l'un à côté de l'autre, enveloppés dans leurs fourrures chaudes. Juste avant de s'endormir, Akavak entendit son grand-père qui riait et disait tout haut : « Je me souviens de la vieille histoire de la minuscule araignée. Un jour d'été, elle était montée sur le bras d'un garçon, et le garçon se préparait à l'écraser. Mais l'araignée lui avait dit d'une petite voix : " Ne me tue pas, sinon mes petits-enfants seront tristes. " Et le garçon l'avait laissée tranquille, disant : " Ça alors, si petite, et déjà grand-père! " »

Ils rirent tous les deux, puis le grand-père d'Akavak dit : « Un homme vieillit à ne regarder que la même colline à côté de sa maison. C'est bon de voyager à nouveau. »

Ils quittèrent l'igloo aux premières lueurs du jour, mirent les harnais aux chiens, et se trouvèrent en route avant même qu'Akavak ne se sentît complètement réveillé.

Ils bâtirent six maisons de neige et dormirent six nuits, tandis qu'ils voyageaient en direction du nord, le long de la mer gelée. Akavak s'émerveillait des grandes montagnes qu'il voyait pour la première fois, et des larges langues frisées du glacier qui descendait jusqu'à la mer blanche. Le froid était très mordant chaque jour, mais ils en étaient contents, car la piste restait dure et les chiens couraient vite, tirant facilement le léger traîneau. Chaque soir, ils les nourrissaient bien, car ils savaient que la cache creusée par le père d'Akavak au grand fjord était pleine de bonne viande de morse.

Le septième jour, le vieil homme insista pour qu'ils continuent d'avancer bien après que la lune soit levée. Et quand ils arrivèrent à la lisière du grand fjord, ils aperçurent le grand tumulus de pierres qui marquait la précieuse cache à viande sur le rivage. A la lueur de la pleine lune, ils virent aussi les traces d'un ours énorme, qui y menaient directement. Alors, avec horreur, ils découvrirent que l'ours affamé avait dispersé les rochers que le père d'Akavak avait si soigneusement disposés par-dessus la viande pour la protéger. L'ours avait tout dévoré.

« On ne peut rien y faire, dit le vieil homme quand il eut examiné les traces. L'ours est parti, loin sur la glace de la mer, depuis plusieurs jours. La trace de ses pattes est déjà à demi remplie de poussière de neige. Nous ne pourrions jamais retrouver cet ours. Nous dormirons ici cette nuit et nous ferons nos plans demain matin. Nous avons perdu une quantité de nourriture qui nous aurait permis de voyager pour une demi-lune. Et il ne nous reste rien. »

Cette nuit-là, les chiens ne purent que lécher les pierres de la cache vide et grogner de colère à l'odeur de l'ours.

A l'aube, lorsque Akavak et son grand-père sortirent de la maison de neige, le vieil homme pointa en direction de la plaine plate et brumeuse qui s'étendait devant eux.

« C'est le grand fjord qu'on appelle Kingalik, dit-il. C'est un endroit dangereux à cette époque de l'année. Les grandes marées se forcent un passage à l'intérieur du fjord et usent la glace, qui s'amincit. Avec la neige qui recouvre tout, il y a bien des trous qu'on ne peut voir. Des hommes sont morts ici, et des attelages entiers de chiens se sont perdus à travers la glace. Il faut pourtant que nous traversions ce fjord si nous voulons atteindre le pays de mon frère. Viens maintenant, je vais te montrer le passage. »

Ils entraînèrent les chiens sur la glace de la mer. De grands nuages de brouillard blanc se levaient dans l'air. Le grand-père d'Akavak agitait les bras, appelant Nowyah, guidant le traîneau à travers les bancs mouvants du brouillard né de la rencontre de l'eau de mer et du froid glacial de l'air arctique. Bien que les ouvertures dans la glace ne fussent pas visibles, ils savaient qu'il y en avait.

Le vieil homme lança un cri aux chiens, qui s'arrêtèrent immédiatement. Il descendit du traîneau et, prenant le harpon, il avança vivement, puis s'arrêta. Alors, avec beaucoup de soin, se servant d'un ciseau d'os aiguisé fixé au bout du harpon, il commença à sonder la mince couche de neige pour atteindre la glace en dessous. Lorsque le chemin lui semblait sûr, il avançait, et les chiens suivaient.

Son grand-père n'avait pas fait plus d'une douzaine de pas quand Akavak vit le ciseau d'os passer à travers la glace. Une eau noire surgit sur la neige jusqu'aux pieds du vieil homme. Marchant alors avec autant d'agilité qu'un renard blanc, il contourna la partie fragile de la glace. S'il avait mis le pied dessus, il aurait sûrement plongé dans l'eau glacée.

Quelques pas plus loin, le ciseau fendit de nouveau la glace et, très vite, le grand-père changea de direction. Les chiens le suivirent en s'aplatissant, écartant les pattes, pleinement conscients du danger. Akavak guidait le traîneau et s'émerveillait du chemin que son grand-père leur montrait : bien que la neige lui parût uniforme, son grand-père semblait deviner les endroits dangereux.

Tandis qu'ils avançaient lentement, un vent se leva de la mer, faisant dériver le brouillard givrant à travers le fjord tout entier. Il devint alors absolument impossible de prévoir les trous dans la glace. Pourtant, le vieil homme continuait son chemin avec raideur, sondant la couverture de neige, tournant ici ou là, essayant de trouver un passage à travers les ouvertures traîtresses de la glace fine.

Akavak vit soudain son grand-père tomber à plat sur le dos, bras et jambes écartés. La glace avait craqué sous lui. Il avait les pieds dans l'eau. En tombant, il avait réussi à répartir son poids sur la glace mince. Rapide comme la belette, il se tortilla en arrière, s'éloignant du trou béant et noir. Puis il se mit à quatre pattes et rampa avec soin jusqu'à ce qu'il pût à nouveau se relever et marcher jusqu'au traîneau.

« Impossible d'aller plus loin, dit-il d'une voix triste et fatiguée. La glace est trop mince, trop dangereuse, et le brouillard qui souffle empire sans cesse. Regarde, il cache même nos traces jusqu'à la terre ferme! »

Soudain, dans la brume, ils entendirent devant eux un bruit curieux, comme un ronflement ou un soufflement accompagné d'un violent jet d'eau. Le son recommença plusieurs fois.

« Qu'est-ce que c'est? » chuchota Akavak, car il commençait à avoir peur dans cet endroit sinistre.

« *Agalingwak!* cria le vieil homme. Des narvals, de grandes bêtes tachetées, quatre fois la longueur d'un homme, avec une longue et fine

corne d'ivoire pointant en avant. »

En regardant avec soin à travers des éclaircies qui se faisaient dans le brouillard épais, Akavak et son grand-père aperçurent les narvals. Plusieurs d'entre eux plongeaient en avant, aspirant l'air par les trous de la glace, qui leur permettaient de respirer.

« Oh! comme j'ai envie d'enfoncer mon harpon dans une de ces grandes bêtes de la mer » s'écria le grand-père, les bras tendus en avant dans son excitation. Pourtant, il n'osait plus avancer d'un pas sur cette glace traîtresse.

« Là, devant toi, se trouve assez de viande pour plusieurs hivers, mais nous ne pouvons pas l'avoir. Ce soir, les narvals maintiendront ouverts ces trous et partiront au changement de marée. Il ne nous reste plus qu'à rebrousser chemin. »

Prudemment, ils firent tourner les chiens et le traîneau. Akavak marchait en tête, et le vieil homme se tenait sur le traîneau. Ils cherchaient désespérément leur précédente trace. Comme le brouillard s'épaississait, Akavak devait parfois fouiller la neige à la recherche des traces du traîneau, les découvrant dans l'obscurité, à la main nue.

Quand, enfin, ils se retrouvèrent à la maison de neige qu'ils avaient quittée le matin même, ils se couchèrent fatigués, affamés et désespérés.

Chapitre 4

Lorsque Akavak se réveilla, il vit que son grand-père avait déjà quitté l'igloo. Il s'habilla rapidement et se glissa à l'extérieur. Dans la lumière faible du matin, son grand-père se dirigeait vers lui, tenant quatre perdrix des neiges. C'étaient de petits oiseaux à plumes blanches avec des pattes duvetées et une chair foncée et nourrissante. Le vieil homme en jeta habilement un à Nowyah et un autre à Pasti. Chaque chien saisit l'oiseau dans sa gueule et l'avala, os, plumes et tout, avant que le reste de l'attelage n'ait eu le temps de se battre pour l'avoir.

A l'intérieur de la maison de neige, Akavak et son grand-père s'accroupirent sur leurs talons et écartelèrent les oiseaux chauds, dévorant chaque goutte de sang et de chair, suçant les os jusqu'à les nettoyer. Enfin, ils fourrèrent l'intérieur de leurs bottes avec les plumes les plus douces.

« Nous allons d'abord remonter le grand fjord, dit le vieil homme, et nous verrons si nous pouvons trouver un autre passage pour traverser. »

Et c'est ce qu'ils firent, essayant à plusieurs reprises, ce jour-là et le jour suivant, de trouver un chemin à travers la glace dangereuse. Mais, à chaque fois, ils durent faire marche arrière.

Le troisième matin, ils aperçurent le fond du grand fjord et une vallée où un petit torrent gelé serpentait sur les pentes de la montagne jusqu'à la mer. Le soleil levant éclairait les falaises abruptes de granit rouge qui s'élevaient de l'autre côté du fjord. La glace irrégulière s'étendait à perte de vue jusqu'à la base des falaises.

« Même si nous arrivions à traverser le fjord à cet endroit, dit le vieil homme, nous ne pourrions pas espérer escalader ces falaises, ni même, une fois sur l'autre rive, avancer à travers cette glace déchiquetée.

« Nous pouvons faire deux choses : rentrer chez nous, ou bien remonter la vallée de cette rivière que tu vois là, devant toi, et traverser le grand glacier jusque dans les montagnes. Quoi que nous fassions, il faut le faire vite, car nous n'avons pas de nourriture. Aller jusqu'au pays de mon frère à partir d'ici serait moins long que de retourner chez nous.

– Mon père a dit que nous ne devions pas aller dans les montagnes, répondit Akavak hardiment. Il a dit que nous devions nous méfier des montagnes.

– Oui, oui, dit son grand-père avec impatience, mais ton père ne connaît pas les montagnes comme moi. J'ai traversé ce glacier avant qu'il ne soit né. Je connais le chemin qui traverse le haut plateau et qui conduit au camp de mon frère. Je te montrerai la piste. Il me tarde d'être à nouveau dans les montagnes. Une fois que nous serons sur le plateau, il ne nous restera plus qu'à descendre de l'autre côté, et nous serons arrivés au pays de mon frère.

« Ce n'est pas facile de voyager dans les montagnes, mais c'est merveilleux à voir. Là-haut, au milieu des nuages, on se sent le dos contre le ciel. En été, même les oies des neiges volent bien plus bas que toi. Dis-moi, mon petit-fils, cela ne te tente pas de prendre ce chemin ? N'aimerais-tu pas

connaître ces régions très hautes?
– Je ne sais pas » dit Akavak lentement. Et il ajouta : « Mon père avait dit qu'il fallait rester près de la mer. »

Son grand-père ne sembla pas entendre ce qu'il disait.

« Le temps est parfait maintenant, il ne faut pas attendre plus longtemps, dit le vieil homme. Il me tarde de terminer ce voyage.

« Des bœufs musqués, ces grandes bêtes noires des hautes plaines, vivent dans les montagnes. Ils seront notre nourriture et celle des chiens. C'est la seule solution. »

Que pouvait répondre Akavak à un homme aussi sage et aussi puissant, à celui qui avait tout enseigné à son père? Il ne pouvait plus rien dire. Il ne pouvait que l'aider à atteindre le camp éloigné de son frère, sinon il n'était qu'un peureux, un de ceux qui, au premier signe de danger, retournent à leur maison de neige pour se cacher parmi les femmes.

Regardant son grand-père bien en face, Akavak ouvrit grands ses yeux pour lui montrer qu'il était d'accord. Le grand-père se releva avec raideur, appela les chiens et leur fit prendre la direction de la rivière gelée. Le temps était froid et clair et le soleil se tenait dans un immense anneau argenté de lumière. Sur les montagnes, la neige reflétait la lumière et brillait comme les nuages blancs que l'on voit en été.

Dans la pâleur du soir, ils atteignirent l'extrémité du grand fjord et s'arrêtèrent à l'endroit où la rivière tournait. Sa glace était dure et étincelante. Après avoir défait les harnais des chiens, ils construisirent leur maison de neige sur les bords de la rivière gelée.

Ce soir-là, Akavak éprouva d'étranges sentiments tandis qu'il glissait ses peaux de couchage dans leur nouvel igloo. Le grand mur de rocher glacé qui se dressait derrière lui ne lui plaisait pas. Combien de fois, dans d'interminables contes, avait-il entendu parler d'Igtuk, le fracasseur, ce redoutable esprit des montagnes qui hante les lieux élevés. Et des Tornait aussi, cette peuplade de nains qui se cachent dans les rochers. Akavak était tout à la fois excité et apeuré, et il trouvait les montagnes dangereusement silencieuses. Les siens étaient des pêcheurs, des gens de la côte, habitués aux minces kayaks et à la glace craquante de la mer, mais ils craignaient les endroits élevés et les terribles tempêtes qui les ravageaient.

Dans la nuit, Akavak se réveilla une fois. Il entendit son grand-père qui, dans son sommeil, appelait sans arrêt le nom de son frère. Quand il regarda le vieil homme dans la lumière vacillante, il vit que son visage était mouillé de sueur, bien qu'il fît un froid glacial dans la maison de neige.

Au matin, ils mirent leur maigre chargement sur le traîneau et rattachèrent les chiens. Le trajet à travers les montagnes allait être difficile.

Dès le début, la piste commença à grimper. Akavak ne pouvait plus s'asseoir sur le traîneau. Par la suite, son grand-père aussi dut l'abandonner. Akavak marcha seul un moment à côté du traîneau, suivant le cours de la rivière, tenant les chiens éloignés de la glace éblouissante sur laquelle ils auraient dérapé et qui les aurait empêchés de tirer.

A midi, Akavak et son grand-père marchaient tous les deux, poussant, criant après les chiens et les encourageant à avancer. Un gros lièvre de l'Arctique bondit devant eux, mais avant qu'Akavak n'ait pu détacher son arc du traîneau, une énorme oie des neiges glissa sur ses ailes silencieuses en virant au-dessus de l'équipage des chiens et, plongeant, se saisit du lièvre. Après une bagarre stridente, le chasseur à plumes et sa proie disparurent.

Akavak dit à son grand-père : « Il faut être rapide pour survivre dans ces montagnes. »

Cette nuit-là, ils campèrent au pied d'une cascade abrupte, solidement gelée et toute lisse entre deux grands murs de rochers rouge sombre. Les chiens gémissaient de fatigue et de faim.

« C'est la même piste que tu as prise autrefois? » demanda Akavak à son grand-père lorsqu'ils se furent enveloppés dans leurs fourrures.

« Oui, c'est la piste de la rivière, et je me souviens de cette cascade. C'est un endroit très difficile. »

Aux premières lueurs du matin, le grand-père montra à Akavak quelques prises pour les mains et les pieds dans la glace et le granit. Après avoir attaché ensemble deux longues laisses de chien, Akavak entreprit une dangereuse ascension. Il grimpa tout droit le long de la cascade gelée. A mi-hauteur, il glissa et retomba, les bras en croix. En un éclair, il vit défiler devant ses yeux les rochers noirs et il atterrit sur un profond tapis de neige. Il était tout étourdi et mit un moment à pouvoir parler de nouveau. Alors qu'il vérifiait si ses bras et ses jambes lui obéissaient encore, il aperçut le visage soucieux de son grand-père penché sur lui.

« Peut-être devrions-nous retourner sur nos pas, dit le vieil homme, en prenant le bras d'Akavak. Peut-être est-ce trop difficile. Et moi, je ne peux pas t'aider à grimper dans un endroit pareil. »

Tandis que son souffle lui revenait, Akavak restait étendu, fixant la cascade gelée, cherchant des yeux les rochers ébréchés qui pourraient servir de prise.

« Je grimperai. J'y arriverai » dit-il avec détermination.

A présent, comme son grand-père, il ressentait la puissance magnétique des montagnes, et il

n'avait pas envie de renoncer.

Une longue laisse attachée autour de la ceinture, il monta de nouveau. Il avançait plus lentement cette fois, vérifiant chaque prise, collant son corps contre la glace dure. Quand, enfin, il atteignit le sommet et se hissa sur la saillie plate, il resta étendu là, reprenant son souffle et attendant que les forces lui reviennent.

Puis il se redressa et le vieil homme lui cria : « Bien. Tu as réussi. Trouve une bonne prise pour ton pied et je vais attacher Nowyah pour que tu puisses la hisser jusqu'à toi. »

Le vieil homme poussa la chienne de tête aussi loin qu'il put. Et ensuite, ce fut Akavak qui se mit à tirer tout seul jusqu'au bout, une main après l'autre. La chienne gémissait et cherchait contre la face glacée du rocher des endroits où poser ses pattes. Quand elle arriva sur la saillie où Akavak la détacha, elle lui lécha la main.

Akavak fit de nouveau descendre la corde. Le grand-père attacha Kojo, et Akavak fixa l'autre extrémité de la corde au harnais de Nowyah. A eux deux, ils hissèrent le gros chien le long de la cascade gelée. Le grand-père attacha chacun des quatre autres chiens, et Akavak, Nowyah et Kojo les hissèrent avec soin, l'un après l'autre, jusqu'au bord. Puis le traîneau fut débarrassé de son équipement et hissé, suivi par la précieuse lampe enveloppée dans les peaux pour dormir.

Il faisait presque nuit quand, avec beaucoup de précautions, Akavak et les chiens hissèrent le vieil homme jusqu'en haut.

Akavak et son grand-père restèrent un moment accroupis ensemble dans la nuit, si fatigués qu'ils ne pouvaient pas bouger. Ils avaient travaillé tout le jour autant que les chiens, et ils étaient affamés. Et pourtant leur dernière maison de neige était là, juste en dessous d'eux. Akavak jeta un morceau de neige sur le toit et rit sans joie, parce qu'il lui semblait impossible qu'elle fût si proche.

Lentement, ils se mirent à construire leur nouvelle maison de neige. Il faisait un froid mortel dans les montagnes, et ils craignaient une tempête soudaine. Le dos d'Akavak, qui s'était trempé de sueur, se glaça, et il trembla de tous ses os.

« Nous atteindrons le sommet demain, dit le vieil homme; si le temps reste clair nous y parviendrons avant la tombée de la nuit. »

A la lumière tremblante de la lampe, Akavak quitta son parka humide et s'allongea dans la bonne chaleur sèche des fourrures. Il lui sembla voir son grand-père pour la première fois. C'était vraiment un vieil homme fort et courageux, au visage brun, durci et couturé comme les rochers des montagnes. Ses cheveux presque blancs pendaient sur ses épaules. Mais c'étaient ses yeux qui étaient les plus frappants dans sa personne : ils étaient à demi cachés sous des paupières fortement bridées qui les protégeaient du vent et de la réverbération de la neige. Pourtant, lorsque ses pupilles noires lançaient un éclair, on aurait dit deux taches de soleil sur de l'eau noire. Rien qu'à regarder le visage de son grand-père, Akavak devinait que celui-ci avait vu beaucoup de choses, des bonnes comme des mauvaises.

Lorsqu'il était dans la force de l'âge, le grand-père avait été un chanteur et un danseur au tambour renommé. Et ses compagnons de chasse racontaient comment un jour il avait harponné et tenu un morse jusqu'à ce qu'il cessât de vivre, pour ensuite le sortir tout seul de l'eau et le traîner jusque sur la glace. Aucun homme de leur tribu n'avait jamais encore fait cela. Mais, à présent, sa force avait presque entièrement disparu, et ses grandes mains carrées, au pouce énorme et puissant, tremblaient lorsqu'il essayait d'allumer la lampe.

Au matin, quand Akavak quitta la maison de neige, il vit de longs nuages maigres qui s'étalaient sur le ciel. C'étaient des nuages entraînés par de grands vents très haut au-dessus d'eux. Son grand-père les regarda, mais ne dit rien. Akavak l'observa qui se dépêchait de harnacher les chiens fatigués et affamés.

Ils continuèrent de grimper, trouvant un air aigre et dur à respirer. Akavak avait tellement faim que, par moments, il perdait toute notion du temps et avait l'impression de flotter à côté du traîneau.

Cela faisait un moment qu'il était dans cet état, lorsqu'il s'aperçut que son grand-père n'était plus à côté du traîneau. Il se retourna vers le bas de la piste et vit le vieil homme accroupi, recroquevillé dans la neige, la tête sur les genoux.

Akavak fit arrêter les chiens et se précipita pour l'aider.

« Continue, continue, dit le vieil homme d'une voix lente et fragile, je vais me reposer ici un moment, et puis je te rejoindrai au sommet.

– Non, Grand-père. Vous allez venir avec moi maintenant. Il faut que nous restions ensemble. » Akavak dit cela avec détermination.

Akavak aida son grand-père à monter et le soutint jusqu'au traîneau. Puis il entoura ses épaules d'une des peaux de caribou. Le vieil homme reposait à moitié sur le traîneau, mais s'arrangeait d'une façon ou d'une autre pour pousser de ses pieds. Et ainsi, ils continuèrent leur ascension.

Akavak criait après les chiens, frappant sur les patins de bois pour les effrayer, et ils continuaient de grimper régulièrement.

Enfin, Akavak aperçut le sommet, mais il n'osa pas se reposer dans l'étroit défilé qui grimpait. Le ciel devenait de plus en plus sombre et les nuages cachaient maintenant les pics les plus élevés. Le vent soufflait du sud-ouest, hurlant en frappant les montagnes gelées.

Bientôt, ils eurent franchi la dernière pente et, alors, soudain, ils s'arrêtèrent et regardèrent. Le large glacier était là devant eux, gris et très vieux, brodé de neige nouvelle. Au-delà du glacier s'étendait la grande plaine du haut plateau. Par endroits, des vents violents l'avaient entièrement nettoyée, si bien qu'on distinguait d'immenses plaques de toundra et beaucoup de pierres en forme de crânes.

Les chiens se couchèrent, et les voyageurs dressèrent sur le côté le traîneau contre le vent qui se levait. Eux aussi se couchèrent, attendant que leurs forces reviennent.

« Viens, dit ensuite le grand-père. Il nous faut traverser le glacier là-bas, là où il est étroit. Un peu plus loin, nous ferons notre maison. »

Lentement, ils suivirent les chiens, trébuchant sur l'aveuglante blancheur du glacier. Une fois, ils l'entendirent craquer et gémir sous leurs pieds.

« Je n'aime pas cet endroit » dit le grand-père d'Akavak, et il sortit le harpon de sous les amarrages du traîneau. Il commença à marcher en tête, tâtant avec précaution devant lui de son ciseau d'os. Mais, pour une fois, son instinct aigu du danger le prévint trop tard.

Dans un étrange chuintement,

la neige s'effondra autour d'Akavak et s'enfonça dans un énorme gouffre béant et bleu. Il vit avec horreur les chiens se débattre en hurlant avant de disparaître. Puis, comme par un mauvais sort qui n'en finirait pas, le traîneau glissa à ses côtés, et il ne vit plus son grand-père. Dans la neige qui tourbillonnait, le pied d'Akavak s'accrocha à quelque chose et il commença lui aussi à plonger dans l'épouvantable gouffre. Glissant, s'agrippant, à moitié sur le côté, il perdit ses moufles et ses mains nues rencontrèrent quelque chose de solide. C'était le rebord du mur de glace. Akavak s'y accrocha pour tenter de survivre. Le tonnerre en dessous de lui mourut et tout redevint silencieux.

Ses muscles lui faisaient terriblement mal et, au contact de la

glace, ses mains nues devenaient insensibles. Pourtant, il attendait, les yeux fermés, se retenant à la vie par le bout des doigts. Combien de temps encore, avant qu'il ne soit obligé de tomber, lui aussi?

Il ne vit pas la vieille main rugueuse qui se tendit au bord de l'abîme, mais il la sentit l'agripper par le capuchon de son parka. Puis une autre main s'empara de son poignet. Une voix rauque appela « Kojo, Kojo ». Un moment plus tard, il sentit qu'on lui attachait au poignet une lanière en peau de phoque.

Le vieil homme cria au chien : « *Ush ! Ush !* »

Et puis, Akavak sentit son capuchon qui tressautait, et son bras sembla se décrocher de son corps tandis qu'on le hissait hors du trou béant du glacier.

Le garçon et le vieil homme s'allongèrent au bord de la crevasse, trop exténués pour bouger. Kojo, le chien affamé qui ressemblait à un loup, se tenait au-dessus d'eux, avec la longue laisse encore attachée au poignet d'Akavak. Pendant un moment, il sembla que Kojo était le chasseur et que ces créatures étendues là sur la neige étaient sa prise.

Les mains d'Akavak étaient blanches et il ne pouvait plus les fermer. Son grand-père les tint sous son propre parka, contre la chaleur de son corps, jusqu'à ce qu'elles se mettent à brûler, comme si elles avaient pris feu, et que les doigts puissent bouger de nouveau. Puis, comme Akavak n'avait plus de moufles, il rentra ses mains dans les longues manches de fourrure de son parka.

Le traîneau et tous les chiens avaient disparu, excepté Kojo. Akavak avait peine à croire que la mort ait si rapidement enlevé Nowyah, Pasti et les autres chiens,

pour les enfouir profondément et pour toujours dans le glacier.

Tous les trois s'éloignèrent de cet horrible trou bleu en trébuchant et, tremblants, traversèrent

ce qui restait de la langue du glacier. Quand ils furent à nouveau sur la terre ferme, ils sentirent sur leurs visages les picotements des grains de neige gelée qui soufflaient depuis le haut des pics environnants. Lentement, ils se dirigèrent vers un petit ravin situé sur le haut plateau. Ils y seraient à l'abri de la grande force du vent qui se levait. Ils avançaient en traînant le pas, le vieil homme se tenant au harnais brisé de Kojo. Akavak essayait, lui, de ne pas penser à ce qu'ils allaient devenir. Sans nourriture, sans chiens et sans traîneau, il n'était pas plus question de rebrousser chemin que de s'échapper de ces lieux terrifiants.

Chapitre 5

C'est Akavak qui le vit le premier, à demi enterré dans la neige. Il était si vieux et si gelé que le chien ne l'avait même pas senti. Les deux grandes cornes se redressaient et, dans le crâne blanchi, une des orbites vides semblait les fixer.

« *Umingmuk,* dit le grand-père, un bœuf musqué mort depuis longtemps, tué par les loups peut-être.

– Ne reste rien » dit Akavak tristement. Il donnait des coups de pied dans la neige qui recouvrait les os dénudés comme du bois flotté gris, éparpillés au milieu de touffes inutiles de longs poils.

Le vieil homme se pencha et dit : « Voilà une peau, une bonne peau solide », et il en arracha un bout à la terre gelée. Fouillant dans son sac de chasseur, il en sortit un petit couteau et le donna à Akavak, ainsi qu'une de ses moufles.

« Découpe un morceau de peau aussi grand que tu pourras » dit-il. Puis le vieil homme piétina fortement le crâne blanchi. Les deux cornes s'en détachèrent en craquant.

« Emporte-les aussi » dit-il.

Et, sans un mot de plus, il s'éloigna en boitillant vers les falaises rocheuses au bout du petit ravin. Dans le vent, la peau de

caribou qui était toujours autour de ses épaules voûtées claquait comme les ailes d'un oiseau très ancien.

Akavak regardait son grand-père qui longeait la falaise en l'étudiant avec soin. De temps à autre, il quittait sa moufle pour la palper. Puis, soudain, il le vit se mettre à genoux et commencer à creuser avec frénésie. Akavak se demanda si le moment dont son père lui avait parlé était arrivé, le moment où l'esprit de son grand-père s'éloignerait et où il faudrait qu'Akavak prenne soin de lui.

Avec le couteau, Akavak continuait de tirer et d'arracher la peau gelée, remarquant les trous dont elle était criblée et sachant bien qu'elle ne pourrait donner aucune chaleur. D'un coup sec, il en libéra un grand morceau et se releva.

Il vit son grand-père qui marchait lentement dans sa direction. Il avait quatre pierres dans la main. Harassé, le vieil homme choisit un endroit et fit signe à Akavak de poser sur la neige la peau gelée et de mettre les pierres par-dessus. De son sac de chasseur, il sortit une mince lame d'ivoire. Il la lécha jusqu'à ce qu'elle soit couverte d'une fine couche de glace et puisse servir à couper les lourds blocs de neige. Ensemble, ils travaillèrent à construire un petit igloo solide qui résisterait aux forces des vents de la montagne.

Une fois à l'intérieur, le grand-père d'Akavak ôta la neige contenue dans un des creux de la plus large pierre. Ensuite, il sortit une pochette de son sac, y prit un peu de graisse de phoque gelée qu'il mit dans sa bouche pour la ramollir et coupa un morceau de son vêtement de dessous pour en faire une mèche. Il fit tournoyer la pointe de son arc dans le godet de bois jusqu'à ce que les fibres se consument et s'enflamment. Il alluma soigneusement la mèche imbibée de graisse, et elle se mit à crachoter, puis à éclairer, jetant une douce lumière chaude à l'intérieur éblouissant de blancheur des nouveaux murs de neige.

Ils mirent la peau gelée de bœuf musqué sur le sol de neige molle et ils étalèrent par-dessus la peau de caribou que le vieil homme portait sur ses épaules. Ils s'allongèrent, Kojo entre eux, se pénétrant de la chaleur du corps du chien pour ne pas être gelés.

Cette nuit-là, un vent terrible hurla et tonna au-dessus de leur petit igloo, comme s'il avait voulu l'arracher du haut plateau et le projeter en bas des montagnes. Mais leur maison était solide, ronde et bien lisse, sans une arête qui aurait pu donner prise au vent. Akavak enfonça la tête bien au fond de son capuchon, serra ses bras contre son corps à l'intérieur de son parka et se mit à penser :

« Je suis vivant, et mon grand-père est vivant. Et, à nous deux, nous traverserons ce haut plateau, et nous verrons la terre de mon grand-oncle qui se trouve au-delà de ces montagnes. » Il se dit et se redit cela, jusqu'à ce que le sommeil l'emportât. Il rêva de Nowyah, la chienne intelligente, et de Pasti, le chien puissant, et des trois chiens plus jeunes qu'ils avaient maintenant perdus pour toujours.

Quand Akavak se réveilla, il entendit le cliquetis d'une pierre contre une autre. Il se retourna et vit son grand-père qui se tenait voûté à côté de la lumière. Il avait une pierre plate dans la main. Il évaluait un angle, puis, avec soin, frappait une autre pierre d'un coup sec, en faisant sauter un éclat. Puis il recommençait. Il fit cela plusieurs fois, examinant toujours

la forme obtenue. Petit à petit, tandis que le jour avançait, la pierre prenait la forme d'une lame aiguisée, presque aussi longue que la main d'Akavak.

Le jour suivant, le vent continua de résonner contre la maison. Pour apaiser leur terrible faim, Akavak et son grand-père mâchèrent des morceaux de peau découpés dans le haut de leurs bottes. Mais, toujours, le vieil homme continuait d'aiguiser et d'affiner la lame taillée.

Ils dormirent à nouveau, et la tempête autour de l'igloo était si épouvantable et il faisait si sombre qu'il leur était devenu impossible de savoir s'il faisait jour ou nuit.

Quand ils se réveillèrent, le grand-père d'Akavak dit :

« Tandis que je dormais, j'ai fait un rêve. » Tout en parlant, il mouchait la mèche mourante de la lampe et plissait ses vieux yeux en fixant la flamme : « J'ai rêvé que je montais le long du chemin brillant de la Lune et que je volais parmi les étoiles. Je pouvais voir toutes les montagnes et toutes les rivières de la mer derrière moi. Je voyais de grands troupeaux de caribous, et de puissantes baleines qui roulaient dans la mer, et de grands vols d'oies. J'eus l'impression que ma faim s'apaisait en voyant tout cela. J'étais heureux de faire un tel voyage nocturne. Mais comme je commençais à être fatigué, je m'aperçus que je n'avais pas la force de retourner sur la Terre. J'en ressentais une grande tristesse, car je savais que je ne reverrais plus ni mon fils, ni mon petit-fils. Ni mon frère qui vit derrière cette montagne, ni ses fils. Mon esprit était rempli de chagrin de n'avoir pu leur rendre visite. Voilà ce qui me peinait tandis que je quittais cette terre. Et, tout à l'heure, quand je me suis réveillé, j'ai pensé à plusieurs reprises que j'étais un vieil homme. Et que je n'atteindrais peut-être jamais le pays de mon frère. Et que ma main ne toucherait pas à nouveau la sienne. »

Akavak ne trouva rien à répondre à son grand-père. Il savait que ce qu'il disait était très important pour lui.

Avec sa lame neuve en pierre, le vieil homme montra à son petit-fils comment polir et donner une forme aux cornes de bœuf musqué. Puis Akavak gratta l'intérieur des cornes jusqu'à ce qu'il soit très lisse. Et lorsqu'il eut fini, ils remplirent ces récipients avec de la neige grattée sur les murs intérieurs de l'igloo. Ensuite, ils les tinrent au-dessus de la lampe pour faire fondre la neige et obtenir de l'eau. Tandis qu'Akavak tenait les cornes au-dessus de la flamme de la lampe, il songeait que, malgré la grande tempête qui les gardait prisonniers dans la petite maison, lui et son grand-père, tant qu'ils étaient éveillés, s'occupaient toujours à quelque chose et travaillaient à rester en vie. Ils étaient déterminés à quitter la montagne.

Ils dormirent et se réveillèrent de nouveau avec des crampes de faim, écoutant anxieusement la tempête qui faisait rage. Partiellement dégelée grâce à la chaleur de leurs corps, la peau de bœuf était maintenant douce et toute mouillée. Akavak la tint par un bout tandis que son grand-père y versait de la neige fondue. Lorsqu'elle fut bien mouillée, le grand-père la tordit et la roula bien serrée, lui donnant la forme d'un bâton de la taille d'Akavak. A l'aide de lanières étroites qu'ils avaient découpées dedans, ils ficelèrent cette espèce de bâton mou sur toute sa longueur. Une fois ce travail terminé, tous deux se sentirent faibles et fatigués, et ils se rendormirent.

Chapitre 6

Akavak et le vieil homme se réveillèrent à l'heure solitaire qui précède l'aube. Le chien Kojo grondait, retroussant les babines et montrant ses crocs. Le poil de son cou était tout hérissé et ses yeux jaunes de loup brillaient sauvagement en les regardant. Tout d'un coup, ils eurent peur de lui. Mais, bien que le vieil homme tînt prête la lame de pierre, il ne voulait pas tuer le chien.

« Découpe la porte de neige » dit-il d'une voix basse.

Akavak obéit prestement, et Kojo, hurlant dans sa folie, se précipita dans le souffle de la tempête qui mourait.

« Je ne crois pas qu'il ira loin, dit le vieil homme. Il a autant besoin de nous que nous de lui, dans cet endroit étrange.

« Sors la peau roulée. Fais bien attention à ce qu'elle soit droite. J'en aurai peut-être besoin pour m'en servir de canne et m'aider à descendre cette montagne. » Tandis qu'il parlait, il souriait faiblement en tendant à Akavak ses moufles doublées de fourrure.

Dehors, Akavak roula le bâton de peau sur la neige dure jusqu'à ce qu'il soit bien droit et qu'il commence à geler. Puis il le plaça en haut de la maison de neige, hors d'atteinte des dents du chien affamé.

Il s'étira, heureux de sortir de

la maison de neige après tant de jours enfermé comme un prisonnier de la tempête. Les nuages s'effilochaient dans le ciel sombre, et Akavak pouvait voir les étoiles qui lui envoyaient leur lumière. La tempête serait tombée avant que l'aurore ne soit là. Et cela donna à Akavak un sentiment d'espoir et presque de joie, bien qu'il n'eût pas pu dire exactement pourquoi. Ils n'avaient plus de chien, pas de traîneau, pas de nourriture, et ils finiraient sûrement par mourir au sommet de cette montagne solitaire.

Tremblant de froid et de faim, Akavak se glissa de nouveau dans la petite maison de neige et s'endormit, rêvant de la moelle douce et délicieuse qui sort des os brisés du caribou, et de la chair tendre d'un jeune grèbe.

Quand il se réveilla, le vent

était complètement tombé et tout était mortellement silencieux. Son grand-père, toujours éveillé avant lui, dormait cette fois profondément. Son visage était caché, et seule sa respiration qui s'élevait en un mince filet de buée montrait qu'il vivait encore. Akavak s'aperçut que toute l'huile de phoque était consumée et que la lampe de pierre était éteinte. Il faisait terriblement froid dans l'igloo.

Akavak ouvrit à nouveau une porte dans la neige et se glissa dans la lumière du matin. Un brouillard glacial avait balayé les montagnes, et les pics au-dessus se dressaient dans l'air, pareils à des fantômes géants. Autour de leur abri, la neige apportée par le vent avait formé des congères aux formes étranges, coulées les unes dans les autres. On les distinguait

difficilement, car elles ne faisaient pas d'ombre dans la lumière du brouillard.

Après avoir remis en place la porte de neige, Akavak monta un peu dans le ravin. Il se sentait raide et se déplaçait avec lenteur.

A travers le brouillard qui estompait tout, il aperçut à nouveau la plaine presque entièrement balayée de sa neige. Les rochers et la mousse grise de la toundra, que la violence du vent avait mis à nu,

ressortaient maintenant. Akavak se demanda dans quelle direction lui et son grand-père devraient aller.

Soudain, il les vit. Ils sortaient du brouillard, semblables à des monstres noirs sans pattes, avec

d'énormes épaules bossues. Leurs têtes étaient baissées, et leurs cornes aux extrémités noires se recourbaient vers le ciel. Puis d'autres apparurent, et Akavak en vit autant que les doigts de ses deux mains. Ils arrivaient droit sur lui. Akavak se tint comme pétrifié dans ses traces sur la neige. Le plus gros des animaux, celui qui était en tête, s'arrêta et renifla l'air avec soupçon.

Akavak fit demi-tour. Il rampa, s'éloignant rapidement de leur vue. Puis il se sauva aussi vite qu'il le put, en trébuchant le long du ravin, jusqu'à la petite maison de neige.

« Grand-père, Grand-père! cria Akavak, tandis qu'il se glissait dans la petite maison, il y a des bœufs musqués. Beaucoup. Juste de l'autre côté du ravin.

– Je ne peux pas me tenir

debout ce matin, garçon, dit son grand-père d'une voix tremblante. C'est peut-être parce que j'ai des crampes à force de ne plus bouger. La lampe n'a plus d'huile et il fait froid ici. Je suis tombé quand j'ai essayé de sortir de la maison, et maintenant je ne peux plus me relever.

– Que dois-je faire, Grand-père? Que dois-je faire? répétait Akavak. Toute cette viande se tient là, devant nous. Est-ce que je peux les tuer avec le harpon pour les phoques? »

Un long moment, il n'y eut pas de réponse. Puis son grand-père dit doucement :

« Jamais! Leur poids le casserait comme une mince pendeloque de glace. Apporte la peau roulée. Apporte-moi mon bâton. »

Akavak se précipita dehors et

revint avec le bâton de peau roulée.

« Essaie de le plier » dit le vieil homme.

Akavak essaya, mais la peau était maintenant complètement gelée.

« Je ne peux pas le plier, dit Akavak, c'est aussi dur qu'un os de baleine.

– Bon. Maintenant, prends les lacets de peau de phoque de mes bottes et attache-les ensemble. Est-ce que le vent a mis à jour la mousse de la toundra?

– Oui, dit Akavak.

– Bien, dit de nouveau son grand-père. Alors, les bœufs musqués sont venus pour paître sur les hauts plateaux, après la tempête. Ils devraient rester près de nous quelque temps. »

Le vieil homme tira de la peau de couchage la lame de pierre aiguisée et essaya de la fixer au rouleau gelé. Mais il était trop faible, et ses mains tremblaient.

« Tiens, garçon, attache-moi cette lame. Fais-le solidement, méfie-toi. Il pourrait y aller de ta vie si elle glissait. »

Quand Akavak eut attaché la grossière tête de lance à sa place, son grand-père dit : « Maintenant, prends de l'eau sous la glace de la corne et verse-la sur les lanières. Mets la lance dehors, vite, et les attaches gonfleront et gèleront. »

Après avoir mis la lance dehors, Akavak se glissa de nouveau à l'intérieur de la maison et son grand-père lui dit : « Les bœufs musqués sont des bêtes étranges et solitaires qui vivent loin des hommes. Notre peuple ne sait pas bien les chasser, car nous les voyons rarement. Il n'est pas bon qu'un garçon comme toi aille seul après eux, tandis que son grand-père repose comme un enfant dans l'igloo. Mais nous n'y pouvons rien. Aujourd'hui, je ne pourrais même pas ramper jusqu'à eux, et les bœufs musqués sont notre seule chance de vivre.

« Je ne peux pas te dire ce que ces animaux puissants feront quand tu les approcheras. Parfois, ils attaquent. Parfois, ils s'enfuient. Et, parfois encore, ils restent à découvert et forment un cercle pour protéger leurs petits. Je ne les ai jamais vus faire un tel cercle, mais les chasseurs disent que c'est cela le plus dangereux.

« Ne jette pas cette lance. Garde-la, car tu pourrais en avoir besoin une seconde fois. Si un bœuf musqué attaque, agenouille-toi et enfonce la lance fermement dans le sol pour que l'animal se précipite sur la pointe. Là, prends mon petit couteau et mon sac de chasseur.

« Va, avec toute ta force » chuchota-t-il en se rallongeant une fois de plus dans le froid.

Akavak quitta la maison de neige, remettant vite en place la porte de neige. Tandis qu'il avançait dans le ravin, il se disait : « Je ne reviendrai pas à cet igloo sans avoir trouvé de la nourriture. Je ne reviendrai qu'avec de la nourriture. »

Un épais brouillard tourbillonnait sur le plateau, et Akavak avait la tête qui tournait tellement il était affamé. Il commença à courir. Il avait peur d'avoir perdu le troupeau.

Soudain, les bœufs apparurent de nouveau à travers le brouillard. Akavak était presque à côté d'eux et ils se mirent à renifler de peur et de colère d'être dérangés par cette étrange créature. Le grand mâle qui les guidait s'immobilisa en le regardant, tournant la tête par-delà la courbe immense de son dos voûté. Son long pelage marron foncé traînait presque jusqu'à terre, recouvrant à moitié ses courtes et puissantes pattes. Ses énormes cornes se rejoignaient sur une plaque osseuse massive qui protégeait l'avant de son crâne. De là, elles s'incurvaient vers le bas, puis se relevaient à nouveau en deux pointes aiguës.

Akavak était si près du bœuf qu'il pouvait voir ses narines s'écarter tandis qu'il soufflait des nuages de vapeur dans l'air gelé. L'animal, affolé, roulait les yeux, en montrant le blanc, tandis que ses sabots dispersaient avec colère des paquets de neige.

Un veau mugit de peur. Le grand mâle se mit à courir en décrivant un petit cercle, rassemblant le troupeau de jeunes mâles et de femelles avec leurs petits en un groupe serré. Épaule contre épaule, ils se tenaient là, abritant les veaux à l'intérieur. Tout ennemi venant de l'extérieur aurait à se mesurer à leurs cornes mortelles.

Akavak s'agenouilla devant le grand mâle. Il planta sa lance dans le sol gelé et attendit. Il ne se passa rien. Il appela les bœufs, mais il ne se passa toujours rien. Il n'osait pas leur jeter sa lance et, cependant, eux ne se décidaient pas à l'attaquer.

Certains des bœufs cessèrent de s'intéresser à Akavak puisqu'il n'avait ni l'odeur ni les façons de leur unique ennemi : le loup. Ils se mirent à brouter la mousse épaisse de la toundra, défirent le cercle et reprirent leur marche sur le haut plateau. Mais ils étaient nerveux, attentifs, et gardaient une bonne distance entre eux et l'étranger.

Akavak suivait le troupeau, ne sachant pas comment faire pour les approcher une nouvelle fois. Il pouvait voir à travers une éclaircie dans le brouillard qu'il traverserait bientôt un morceau du glacier. Et il avait peur de se perdre.

Jetant un cri désespéré, il se précipita droit sur les bœufs. Ils se retournèrent, et le grand mâle, avec son instinct de protection, les fit mettre à nouveau en cercle bien serré. Tous se tenaient tête baissée, fixant soigneusement Akavak.

Puis, soudain, ils se raidirent et balancèrent leur masse en écartant largement les pattes, prêts à l'attaque. Ils reniflaient nerveusement, mais ne semblaient plus surveiller Akavak. Akavak se retourna rapidement. Il vit une forme grise accroupie dans la neige à moins d'une longueur de traîneau de lui. Son poil était hérissé. Le bout de sa queue allait et venait avec nervosité. Ses yeux jaunes avaient des lueurs de folie.

Akavak le fixa, à la fois émerveillé et rempli de frayeur, car c'était le chien Kojo, à demi fou de faim, qui venait se joindre à la tuerie. Il rampait comme un loup. Puis, couchant les oreilles et laissant échapper de sa gorge un grognement rauque, il fonça droit en avant sur le grand mâle. D'un écart, il évita de justesse le terrible coup des cornes pointues. Mais maintenant, le grand mâle était prêt à le recevoir. Il sortit du cercle au galop, fonçant droit sur le chien qui venait de dépasser Akavak en courant. Kojo fut pris entre les terribles cornes. Sous les yeux d'Akavak, la grande bête lança le chien par-dessus sa tête, le projetant en l'air comme un jouet.

Le bœuf avait encore la tête relevée, offrant sa gorge, lorsqu'il se précipita sur Akavak. Vite, Akavak se laissa tomber sur les

genoux, planta le bout de la lance dans la toundra gelée et la tint fermement. Il sentit le manche trembler dans ses mains, alors qu'il avait déjà enfoncé la lame de pierre aiguisée dans la gorge de l'animal. Akavak roula sur le côté pour éviter les coups de sabots pointus. Désespéré, il s'aperçut que l'animal se retournait pour renouveler l'attaque, alors que la lance tordue gisait à ses côtés, et sans la pointe. Puis il vit le bœuf trébucher, et le sang noir de l'artère jaillir sur la neige. Le grand mâle trembla et tomba sur les genoux. Dans un soupir puissant, son esprit sortit de son corps. Il était mort.

Les autres bœufs avaient rompu le cercle et Akavak vit le dernier d'entre eux disparaître dans la brume qui flottait.

Il se releva et marcha lentement jusqu'à la grande bête noire qui gisait sur la neige. A ce moment-là, il vit Kojo qui, lui aussi, venait en boitant vers sa prise. L'homme et le chien se regardèrent. Kojo atteignit le premier l'animal tombé et se tint là, en grognant. Akavak leva la main et lança un ordre au chien. Mais il ne lui obéit pas.

Faible, mourant de faim, Akavak regarda le chien manger lentement son compte de viande. Lorsqu'il eut fini, Kojo fixa Akavak avec une sorte de triomphe dans le regard. Puis, avec un sourd grognement, il s'en retourna et s'éloigna lentement dans la brume.

Akavak tremblait d'excitation tandis qu'il s'agenouillait, découpait et dévorait des tranches de viande chaude. Avec son couteau, il ôta de la gorge de l'animal la pointe en pierre de sa lance. Puis il sortit le foie et découpa sur le dos une lourde couche de graisse épaisse; cela ferait, il le savait, du combustible pour la lampe. Il coupa l'épine dorsale avec la lame de pierre et sépara l'arrière-train de l'animal. Il l'attacha par les pattes au bout de la lance.

Cela pesait aussi lourd que lui-même, mais la viande chaude lui avait redonné force et espoir. Et il lui tardait de rapporter la nourriture à son grand-père. La viande glissait facilement par-dessus les congères. Lorsque Akavak atteignit l'igloo, le soleil était haut au-dessus de lui, jaune et pâle à travers la brume.

« Grand-père, Grand-père, j'ai de la viande pour toi! » cria Akavak tout en coupant la porte dans la neige et en se glissant dans l'igloo,

traînant derrière lui l'énorme arrière-train du bœuf musqué.

L'igloo était glacé, malgré la pâle lumière du soleil d'après-midi qui s'y réfléchissait. Le vieil homme remua dans sa peau de caribou et fixa Akavak. Mais il était pâle et ses lèvres étaient bleues. Il ne dit rien. Il n'avait pas l'air de le reconnaître. Akavak lui fit doucement manger de tendres morceaux de foie. Puis il fit tourner la pointe de l'arc, dans le creux de la pierre, jusqu'à la faire fumer, et une petite flamme s'éleva. Alors, il alluma la vieille mèche et l'alimenta avec la graisse du bœuf. Lentement, la graisse fondait et la lampe se mit à donner une bonne lumière, remplissant la maison de chaleur et de clarté. Tenant les cornes au-dessus de la flamme, Akavak fit une nourrissante soupe de sang et la fit avaler lentement à son grand-père.

Il pouvait voir et sentir la chaleur qui revenait sur les joues et sur les mains de son grand-père. Bientôt, le vieil homme sourit. Enfin, il put s'asseoir et il retrouva ses esprits.

Akavak mangea encore de la viande délicieuse et moucha la lampe pour qu'elle brûle toute la nuit.

Il s'allongea à côté de son grand-père. Avant de s'endormir, il pensa longuement à sa sœur. Elle était tellement vivante dans ses pensées qu'il avait l'impression qu'elle était là, à côté de lui, toute petite et solitaire sur la neige, telle qu'il l'avait vue la dernière fois, au moment de son départ.

Au matin, le vieil homme eut encore faim. Tous deux burent la soupe épaisse qu'ils avaient préparée et mangèrent encore de la viande.

Quand Akavak sortit de la maison de neige, il vit le chien allongé dans la neige. Kojo se leva, s'étira, secoua son corps et lécha ses babines d'un air amical.

« Grand-père, le chien est revenu! cria Akavak.

– Bien. Donne-lui de la viande » répondit son grand-père.

Akavak coupa un morceau du bas de la patte du bœuf et le jeta à Kojo, qui l'engloutit, puis s'enroula sur la neige et s'endormit.

Akavak regarda le ciel avec un grand sentiment de soulagement car il lui semblait qu'ils avaient tous deux échappé aux forces maléfiques des montagnes.

Chapitre 7

Cette nuit-là, dans la maison de neige, lorsqu'ils mangèrent de nouveau, Akavak raconta à son grand-père chaque détail de la chasse au bœuf musqué, et combien le chien l'avait aidé.

Le vieil homme écouta avec attention chaque mot. Puis il resta silencieux un long moment. Enfin, frappant lentement la mesure dans ses mains, il chanta une vieille complainte qu'il avait une fois entendu chanter par les habitants du Grand Nord, par ceux qui vivent sous le soleil :

Ayii, Ayii, Ayii,
je souhaite voir le bœuf musqué
courir à nouveau.
Cela ne me suffit pas
de chanter ces précieuses bêtes.
A m'asseoir ici dans l'igloo
ma chanson s'éloigne,
mes mots disparaissent au loin
comme des collines
dans le brouillard,
Ayii, Ayii, Ayii.

« Ce chant est ancien, et pourtant tous ces mots me vont très bien » dit le grand-père.

Ils s'endormirent et Akavak rêva du terrible gouffre bleu. Dans son rêve, il se tenait au bord et croyait voir le traîneau flotter, suspendu pour toujours dans des ombres bleues.

Quand il se réveilla, il prit la longue laisse de Kojo, le harpon avec sa corde et se dirigea vers le glacier. Le chien le suivit. Il leur fallut un bon moment pour retrouver la crevasse, car leurs traces avaient été recouvertes pendant la tempête. Quand Akavak la vit enfin, il eut presque peur de s'en approcher, tant le souvenir de ces lieux était vivant et terrible. Il sondait le chemin avec le harpon. Enfin, il s'allongea et rampa jusqu'au bord d'où il put regarder dans le trou béant.

Le traîneau pendait là, tel qu'il l'avait vu dans son rêve. Il était solidement coincé entre les murs de glace de la crevasse géante. Akavak pensa avec tristesse aux chiens qui devaient reposer bien plus bas, sous le tas de neige tombée. Pendant un moment, il étudia la position du traîneau et remarqua qu'un des patins ne touchait pas le mur de glace.

Il prépara avec soin un bon nœud coulant dans la corde en peau de phoque du harpon, puis il attacha l'extrémité de la corde à la laisse du chien. Retenant sa respiration, il fit descendre le nœud coulant et parvint à le glisser par-dessus le bout du patin de bois du traîneau. Il remonta la corde avec précaution et tira jusqu'à ce que le nœud se resserre. Alors, il attacha la laisse au harnais de Kojo et, ensemble, ils tirèrent et dégagèrent le traîneau avant de le hisser lentement hors de la crevasse.

Akavak poussa le traîneau loin du dangereux trou et dansa de plaisir lorsqu'il vit que les autres laisses y étaient encore attachées. La grande peau d'ours blanche et les autres peaux de couchage, ainsi que la lampe et les moufles offertes par sa sœur étaient

encore arrimées à leur place.

« Avec ce traîneau, je quitterai ces montagnes, se répétait-il sans cesse. Je sortirai mon grand-père de ces montagnes et nous irons jusqu'à la terre de son frère. »

Quand le vieil homme sortit de l'igloo et vit le traîneau, il se redressa et dit d'une voix tremblante : « J'avais abandonné tout espoir de revoir mon frère, mais, tu vois, les esprits des montagnes doivent souhaiter nous rendre nos vies. » Et, de joie, il frappa dans ses mains.

Cette nuit-là, le grand-père sortit de la maison de neige et se tint debout, en s'appuyant d'un côté sur Akavak et de l'autre sur le harpon. Le ciel était clair et rempli d'étoiles. Le vieil homme regarda en l'air et pointa le bras en direction de l'étoile du Nord, brillante, puis l'abaissa jusqu'à ce que son doigt tremblant indique un passage étroit entre deux collines.

« Là, dans ce col, nous nous dirigerons à nouveau vers le nord en traversant le plateau. Sous cette

étoile se trouve la rivière géante, la Kokjuak, qui coule auprès du camp de mon frère. »

Akavak nourrit abondamment le chien et se glissa dans la maison de neige. En vue du voyage, il commença à tailler dans la peau d'ours de larges bandes pour fabriquer un harnais pour lui. Il aiguisa une aiguille faite d'une écharde d'os du bœuf qu'il avait tué, et, dans la patte, il découpa de longs et fins tendons. Ses coutures étaient plutôt rudimentaires, car, dans leur camp, tous les travaux de couture étaient faits par les femmes. Il regrettait que sa mère ne soit pas là pour l'aider.

Au matin, il harnacha le chien, chargea dans le traîneau la lampe, la précieuse viande, et aménagea avec la peau d'ours une place confortable pour son grand-père, pour qu'il puisse s'allonger. Quand il eut terminé, il aida le vieil homme à sortir de la maison de neige, puis à s'installer dans le traîneau. Alors il le protégea soigneusement avec les autres peaux.

Tout le jour, Akavak et le chien luttèrent pour traverser le haut plateau. Ce fut une entreprise si pénible qu'ils ne sentaient même pas la morsure du froid. Quand le soleil se coucha et que les montagnes jetèrent des ombres bleues sur la neige, ils s'arrêtèrent et construisirent une maison de neige. Le vieil homme était tellement paralysé par le froid qu'il ne put aider Akavak. Celui-ci travailla seul jusqu'à ce que l'igloo soit fini. Il passa un long moment à allumer la lampe et à nourrir son grand-père. A présent, il fallait qu'il se débrouille tout seul.

« Demain, si le vent ne se lève pas, nous atteindrons l'autre côté de la montagne. Demain, demain », le vieil homme marmonnait cela sans cesse.

Le lendemain, il faisait beaucoup plus chaud et il n'y avait pas un souffle de vent. Le grand-père d'Akavak semblait moins faible. Il s'assit sur le traîneau et tenta même de pousser de ses mains,

afin de l'alléger, lorsqu'ils rencontraient une congère difficile à franchir.

Durant tout le jour, Akavak tira le traîneau avec le chien Kojo. Le harnais lui mordait cruellement les épaules, et, par moments, il se demandait s'il pourrait continuer à marcher ainsi. Mais il se répétait : « Nous approchons maintenant. Le voyage tire à sa fin. »

Lentement, ils avancèrent jusqu'à la tombée de la nuit et arrivèrent au pied d'une petite colline. Et là, ils virent ce qu'ils attendaient depuis si longtemps : la fin du plateau. Le grand-père d'Akavak laissa échapper un cri de triomphe. Les montagnes étaient derrière eux, et le plateau, couvert de neige, s'arrêtait brusquement contre la ligne du ciel.

« C'est le bout du plateau. Je m'en souviens! » cria-t-il.

Même le chien fatigué sembla comprendre et tira sur le harnais jusqu'à l'obscurité, jusqu'à ce qu'ils atteignent le bord même du plateau, là où les pentes de la montagne dévalent en direction de la mer.

Akavak construisit rapidement un igloo rudimentaire, car il comptait le quitter dès l'aube. Ils nourrirent le chien, mangèrent de la viande de bœuf et s'endormirent. Akavak se réveilla une fois dans la nuit et entendit son grand-père appeler son frère, puis gémir en se retournant dans l'obscurité.

L'aube parut lentement à l'est dans le ciel, éclairant les fentes dans le dôme de la maison de neige. Akavak ouvrit une porte dans la neige et sortit. De toute sa vie, il n'avait jamais rien vu de pareil. Le ciel immense s'étirait autour de lui comme un bol bleu infini, embrassant la terre et la mer gelées. Tandis qu'il contemplait ce spectacle, sous les pre miers rayons du soleil, la côte, tout en bas, vira au rose et à l'or.

« Regarde, regarde! La rivière.

La Kokjuak! cria le vieil homme qui était sorti et qui se tenait à côté de son petit-fils.

– Et il y a des maisons de neige, dit Akavak montrant un endroit près de la mer. Ici, la terre est encore prise dans l'étau de l'hiver, mais là, en bas, sur la côte, il y a des signes de printemps.

– Maintenant, dit le grand-père, c'est maintenant la partie la plus difficile de toutes, car, sur les pentes de la montagne, la neige est profonde et traîtresse. Elle cache des quantités de rochers. Si le traîneau va trop vite, et si tu en perds le contrôle, tout sera perdu. Coupe en de larges bandes la moitié de la peau d'ours et tresse-les en une grande corde que tu laisseras traîner sous les patins. Cela nous aidera à freiner. Casse le harpon et fixes-en les deux moitiés en travers, à l'avant du traîneau. Ainsi tu auras deux poignées auxquelles tu t'accrocheras et qui te permettront de guider. Attache le chien à une laisse courte et assure-toi que son harnais est bien serré. Il aura peur, et lui aussi retiendra le traîneau.

« J'ai honte de ne pouvoir t'aider. Il faut que tu me ligotes sur le traîneau, car, si je tombe, tu ne pourras ni t'arrêter ni retourner en arrière pour venir me chercher. »

Akavak fit tout comme son grand-père lui avait dit. Lorsqu'il commença à attacher son grand-père, il vit que celui-ci détournait le visage et libérait furtivement sa main droite. Il ne pouvait supporter d'être complètement attaché et impuissant face à un tel danger.

Un peu plus tard, il se tourna une fois encore vers Akavak et dit doucement : « Maintenant, je crois que je pourrai atteindre le camp de mon frère. Pour moi, c'est comme si je rentrais chez moi, car je vais revoir mon plus jeune frère dans le pays de ma jeunesse. Je viens de voir un rêve au fond de mes yeux. Il me semblait nous retrouver, lui et moi, courant de nouveau à travers la tendre toundra, dans la lune d'une nuit d'été. Nous chassions les grands jars aux cous noirs tendus en avant. Je tombais le premier dans une mare profonde, et mon frère rit tellement qu'il tomba à côté de moi. Tu vois quelle était ma vie lorsque nous grandissions : nous n'étions jamais séparés.

« Mais ce qui est le plus merveilleux, dit le grand-père d'Akavak, le plus merveilleux encore, c'est que tu vivras, que tu marcheras au-delà de ces montagnes, c'est que tu retourneras à ta famille, et que tes enfants auront avec eux l'esprit de leurs ancêtres.

– *Ushavok!* Cela devrait en être ainsi » répondit Akavak.

Se saisissant des poignées de harpon, Akavak laissa glisser lentement le traîneau lourdement chargé sur la forte pente. Il était presque complètement allongé sur le dos, les talons enfoncés dans la neige devant lui. En arrière du traîneau, le chien hurlait de terreur et refusait d'avancer. Il traînait les pattes dans la neige et luttait pour ralentir leur descente.

Akavak jeta la corde tressée sous les patins. La tension était si forte qu'il crut qu'il fallait tout laisser aller s'il voulait éviter que les bras lui soient arrachés des épaules. Alors l'attelage heurta une grosse pierre, vira et s'arrêta.

Akavak dut se jeter de tout son poids contre le traîneau pour l'empêcher de se renverser. Tous trois se reposèrent parmi les rochers noirs et pointus que la dernière tempête avait mis à nu. Akavak regarda son grand-père, attaché au traîneau, presque entièrement caché par les fourrures, et le vieil homme lui sourit faiblement, en lui faisant un petit signe de tête.

Tremblant de peur, Akavak laissa démarrer le traîneau pour la dernière et la plus terrible partie de la descente. Il coupait en travers de la pente et, ensuite, dans un terrible effort, il faisait tourner le traîneau et repartait dans l'autre sens, traçant un large zigzag sur le flanc de la montagne. De nouveau, il mit la corde tressée sous les patins pour freiner la vitesse.

Soudain, la corde, qui servait

aussi de frein, lui échappa. Akavak perdit le contrôle du lourd traîneau, qui accéléra en entraînant Akavak et Kojo avec lui. Il passa comme un bolide sur la glace nue, vola silencieusement sur la neige profonde et ne s'arrêta que lorsqu'il heurta des rochers. Là, il faillit se retourner, mais il avait ralenti et Akavak parvint encore à en reprendre le contrôle.

Akavak était trempé de sueur. Il avait des paquets de neige à l'intérieur de ses manches et dans le col de son parka. Mais tandis qu'il s'essuyait le visage et qu'il regardait en arrière la longue trace courbe qu'il avait dessinée sur la montagne, il vit que le pire était passé. Devant lui, s'étalait la côte plate et la rivière géante qui coulait vers la mer. Ils étaient sauvés.

Une fois de plus, Akavak

appuya de tout son poids contre le traîneau et s'agenouilla sur le bord, poussant d'un seul pied. Le traîneau avançait si vite qu'il dépassa le chien, qui courait en avant, essayant d'éviter les patins.

Akavak pouvait voir les gens du minuscule village qui se précipitaient hors de leurs maisons et qui couraient vers eux, très excités, car ils n'avaient jamais vu un traîneau chargé, tiré par un seul chien, arriver des montagnes.

Emporté par son élan, le traîneau arriva jusqu'au beau milieu du camp. Là, les gens s'agglutinèrent. Les chiens étrangers faisaient cercle et reniflaient, et grondaient autour de Kojo, qui se tenait au milieu d'eux comme un maigre loup gris.

Un vieil homme s'avança, les bras levés en un signe d'accueil. Il appela : « Parent, neveu de moi, tu es arrivé. »

Akavak descendit du traîneau et lui dit : « Nous sommes arrivés, grand-oncle de moi. Enfin je te vois. »

Ils se tenaient l'un en face de l'autre, et Akavak vit que cet homme était presque le portrait de son grand-père.

Alors il se retourna et commença à défaire les cordes qu'il avait si soigneusement attachées pour maintenir son grand-père sur le traîneau. Les autres s'étaient rassemblés autour de lui. Akavak ôta rapidement la peau de caribou qui couvrait à moitié le visage du vieil homme. Les yeux de son grand-père étaient encore ouverts. Mais, à présent, ils regardaient fixement le ciel, ne voyant plus rien. Akavak toucha ses joues. Elles étaient gelées. Il saisit sa main, mais elle aussi était d'un froid de glace. Les doigts blancs, crispés, semblaient se tendre en avant pour se préparer à saluer son frère.

Le corps tout entier d'Akavak se mit à trembler comme s'il s'était trouvé nu dans un vent glacial. Il avait la gorge tellement serrée qu'il ne pouvait pas parler. Silencieusement, il montra la main raidie.

Son grand-oncle se pencha et, très doucement, recouvrit le visage

de son frère avec la peau de caribou. Les femmes du camp se serrèrent les unes contre les autres, et, de leur gorge, s'éleva un long gémissement tandis qu'elles baissaient leurs capuchons sur leurs visages. Puis, ce fut le silence.

Le frère ôta les dernières courroies qui retenaient le grand-père d'Akavak au traîneau. Il leva les bras lentement et chanta d'une voix puissante :

Ayii, Ayii!
Lève-toi, lève-toi.
Que tes mouvements soient rapides
comme l'aile du corbeau.
Lève-toi pour voir le jour.
Tourne ton visage
loin de l'obscurité de la nuit
pour regarder l'aube
tandis qu'elle blanchit le ciel.
Lève-toi, ô, lève-toi.
Ayii, Ayii!

Akavak regarda une dernière fois la forme de son grand-père reposant sans vie sur le traîneau, puis il s'éloigna, empli d'un terrible sentiment de solitude.

Les vieilles femmes et quelques jeunes filles le conduisirent sous une grande tente de peau de phoque dressée sur un banc de gravier sec. Tout près, les maisons d'hiver en neige étaient en train de fondre et de s'effondrer dans la chaleur du soleil printanier. Un petit vol d'oiseaux des neiges qui migraient des terres du Sud atterrit près de la tente. Des torrents d'eau venant de la fonte des neiges se frayaient des chemins sinueux vers la mer. Partout autour de lui se montraient les doux signes du printemps, tandis que la saison nouvelle avançait à travers les terres. Pour Akavak, il semblait que le monde entier venait de renaître.

Avant d'entrer sous la tente, il se retourna et regarda les montagnes. Elles se dressaient comme de vieux géants, gardiens de quelque lieu interdit. Des nuages blancs planaient au-dessus de leurs pics. Maintenant, les montagnes lui semblaient tout autres. Il les avait escaladées, il y avait vécu. Il y était

presque mort. De là-haut, il avait regardé le monde comme s'il avait été un esprit du vent. Il avait vu toute la terre, et les étendues de la mer gelée. Puis il était redescendu des montagnes. Et maintenant,

comme son grand-père, il éprouvait un sentiment secret et très fort pour ce grand plateau blanc. Et il savait que la vision des grandes bêtes noires courant sur la haute plaine resterait en lui pour toujours.

Il entra et s'assit, fatigué, sur les douces peaux qui recouvraient le large lit. Les jeunes femmes lui ôtèrent ses bottes humides, se tenant timidement près de lui. Dans la chaleur de la tente, il but la bonne soupe brune et chaude qu'elles lui offraient, et il mangea la chair délicate d'un jeune phoque.

Il fixait la flamme de la grande lampe de pierre, la regardant miroiter et danser comme les vagues sur la mer en été. Il ne tremblait plus de froid, de peur ou de faim. Il s'allongea sur les chaudes peaux de caribou et, tandis qu'il s'endormait, il rêva qu'il donnait la main à son grand-père et qu'ensemble ils prenaient leur essor, haut, toujours plus haut, à travers les vieilles montagnes, par-dessus la blancheur du glacier, jusque là-haut, jusque dans les étoiles.

Castor Poche

Des livres pour toutes les envies de lire,
envie de rire, de frissonner, envie
de partir loin ou de se pelotonner dans un coin.

Des livres pour ceux qui dévorent.
Des livres pour ceux qui grignotent.
Des livres pour ceux qui croient ne pas aimer lire.
Des livres pour ouvrir l'appétit de lire et de grandir.

Castor Poche rassemble des textes du monde entier ; des récits qui parlent de vous mais aussi d'ailleurs, de pays lointains ou plus proches, de cultures différentes , des romans, des récits, des témoignages, des documents écrits avec passion par des auteurs qui aiment la vie, qui défendent et respectent les différences Des livres qui abordent les questions que vous vous posez.

Les auteurs, les illustrateurs, les traducteurs vous invitent à communiquer, à correspondre avec eux.

Castor Poche
Atelier du Père Castor
4, rue Casimir-Delavigne
75006 PARIS

Castor Poche, des livres pour toutes les envies de lire: pour ceux qui aiment les histoires d'hier et d'aujourd'hui, ici, mais aussi dans d'autres pays, voici une sélection de romans.

832 **Les insurgés de Sparte** **Senior**
par Christian de Montella
À Sparte, la loi impose de n'avoir que des enfants vigoureux. L'un des jumeaux de Parthénia est si frêle qu'elle le confie en secret à une esclave émancipée. Mais les deux frères vont se retrouver et s'affronter...

831 **Les disparus de Rocheblanche** **Junior**
par Florence Reynaud
Au IXème siècle, les habitants de l'Aquitaine vivent dans la terreur des vikings, qui saccagent les villages et enlèvent les enfants... Eglantine et son petit frère sont ainsi vendus comme esclaves.

830 **Chandra** **Senior**
par Mary Frances Hendry
À onze ans, Chandra est mariée, suivant la tradition indienne, à un jeune garçon qu'elle n'a jamais vu. Après leur rencontre, ce dernier meurt brutalement: Chandra est accusée de lui avoir porté malchance.

829 **Un chant sous la terre** **Junior**
par Florence Reynaud
Isabelle a douze ans et doit travailler à la mine pour aider sa famille. Mais elle a un don, sa voix fait frémir d'émotion quiconque l'entend chanter. Une terrible explosion bloque Isabelle dans la mine, son don pourra-t-il alors la sauver ?

828 **Léo Papillon** **Junior**
par Lukas Hartmann
Léo, huit ans, souffre de sa maladresse. Il aimerait être léger et beau comme un papillon. Son rêve consiste alors à s'enfermer dans un cocon de fils multicolores, en attendant la métamorphose...

827 La chance de ma vie **Senior**

par Richard Jennings

Quand on a douze ans, recueillir un lapin blessé semble bien naturel, voir banal. Pourtant, Orwell est plus qu'un animal... c'est une chance!

825 Temmi au Royaume de Glace **Junior**

par Stephen Elboz

Les soldats de la Reine du Froid ont enlevé Cush, un ourson volant qui vit dans la forêt près de chez Temmi. Temmi les suit au Château des Glaces, où toute chaleur est proscrite. Mais des insoumis organisent une rébellion.

824 Les maîtres du jeu **Senior**

par Roger Norman

Edward a douze ans. Il découvre chez son oncle un jeu de société qui renferme un mystérieux secret. Il se retrouve plongé dans un terrible engrenage, où le jeu et la réalité se rejoignent.

823 Akavak et deux récits esquimaux **Senior**

par James Houston

Akavak, Tikta'Liktak et Kungo l'archer blanc sont esquimaux. Dans l'univers rigoureux du grand Nord, ces héros doivent lutter pour survivre: découvrez leurs trois aventures au pays des icebergs...

821 Ali Baba, cheval détective **Junior**

par Gisela Kaütz

Pendant une représentation du cirque Tenner, quelqu'un a dépouillé les spectateurs de leurs portefeuilles. Sarah, la fille du directeur, découvre le butin caché dans le box de son cheval Ali Baba. L'enquête est ouverte...

820 L'étalon des mers **Senior**

par Alain Surget

Leif et son père Erick, bannis de leur village de vikings, embarquent sur un drakkar avec Sleipnir, leur magnifique étalon. Leur voyage les conduit d'abord au Groenland, où ils font la connaissance des Inuits.

819 Mon cheval, ma liberté **Junior**

par Métantropo

Aux Etats-Unis en 1861, la guerre de Sécession fait rage. Amidou, jeune esclave noir, s'occupe des chevaux d'une plantation. Lui seul peut approcher Stormy, le fougueux étalon, ce qui déclenche la jalousie du fils aîné.

818 Une jument dans la guerre **Senior**

par Daniel Vaxelaire

Pierre, fils de paysan dans la France napoléonienne, rêve de devenir un héros. Il part rejoindre les troupes de l'Empereur qui se battent en Italie. Le chemin n'est pas sans danger mais le destin met sur sa route une jument qu'il adopte et baptise... Fraternité.

817 Pianissimo, Violette! **Senior**

par Ella Balaert

Violette a dix ans et vient de déménager. Elle se fait bien à sa nouvelle vie. Le seul problème, c'est son professeur de piano : "Le Hibou" lui mène la vie dure et pourtant Violette s'applique !

816 Pas de panique! **Senior**

par David Hill

Rob adore les randonnées en haute montagne. Il est loin d'imaginer qu'il va falloir assurer pour six ! Car le guide de son groupe meurt brutalement... facile de dire "pas de panique" dans ces conditions.

815 Plongeon de haut vol **Senior**

par Michael Cadnum

Bonnie pratique le plongeon de compétition. Un jour, elle se cogne la tête contre le plongeoir et depuis n'arrive plus à plonger. En plus, son père est accusé d'escroquerie…

814 Et tag! **Senior**

par Freddy Woets

Vincent a une passion : peindre, dessiner et surtout taguer. Mais le jour où Alma se moque de son dernier tag en le traitant de ringard, Vincent est profondément vexé…

810 Une rivale pour Louisa **Junior**

par Adèle Geras

Louisa déteste la nouvelle du cours de danse: elle est trop douée! Un chorégraphe vient recruter de jeunes danseurs: et s'il ne choisissait que Bernice? Heureusement, la chance et l'amitié triompheront de leur rivalité.

809 Louisa près des étoiles **Junior**

par Adèle Geras

Louisa rêve d'assister à une représentation de Coppélia, mais les billets sont chers, et de toute façon, il ne reste aucune place ! Heureusement, la chance lui sourit : Louisa va même pouvoir rencontrer les danseurs étoiles!

808 Le secret de Louisa **Junior**

par Adèle Geras

Tony, le nouveau voisin de Louisa, est doué pour la danse, mais il est persuadé que seules les mauviettes font des entrechats. Pour cultiver ce talent caché, la petite « graine de ballerine » a une idée en tête…

Cet
ouvrage,
le premier
de la collection
CASTOR POCHE,
a été achevé d'imprimer
sur les presses de l'imprimerie
Maury Eurolivres
Manchecourt - France
en mai 2002

Dépôt légal : 2e trimestre 1980.
N° d'édition : 1701. Imprimé en France.
ISBN : 2-08-161701-3
ISSN : 1147-3533
Loi n° 49-956 du 16 juillet 1949
sur les publications destinées à la jeunesse